草いきれ
むんむん
胸キューン
思わず抱いた
君の肩
疎開の夏を
憶えてますか。

文・諫山男二
絵・岩元美由紀

ふみ／**諫山　男二**（兵庫県 65歳）
「愛」の手紙（平成7年）入賞作品
え／**岩元美由紀**（愛媛県 37歳）
「はいっ！チーズ」第11回（平成17年）応募作品

先生が転勤すると言った時
「私も一緒ですか・」と
聞いてくれた妙ちゃん。

忘れません。

文・権藤康子
絵・村上智美

ふみ／権藤　康子（福岡県 38歳）
「愛」の手紙（平成7年）入賞作品
え／村上　智美（愛媛県 8歳）
「なわとびをする女の子」第3回（平成9年）入賞作品

「約束より30分遅れます。
一番きれいな私が
なかなか見つからなくて。」

ふみ／矢尾　恭子（福井県22歳）
「愛」の手紙（平成7年）入賞作品
え／中原　静子（東京都63歳）
「豚に真珠」第12回（平成18年）応募作品

文・矢尾恭子
絵・中原静子

ふみ／A・Y（神奈川県30歳）
「愛」の手紙（平成7年）入賞作品
え／玉井　人道（京都府54歳）
「のんびりいこうよ」第10回（平成16年）
入賞作品

「酔っぱらっている時の
言葉や態度を
シラフの時にも
お願いします。」

文・A・Y
絵・玉井人道

おまえだけだよ。
家に帰ると出迎えて
喜んでくれるのは。

毎日涙が出て来るよ。
ポチ。

文・丸山敏明
絵・伊藤翠慧

ふみ／丸山　敏明（東京都 32歳）
「愛」の手紙（平成7年）入賞作品
え／伊藤　翠慧（京都府 67歳）
「春うらら」第9回（平成15年）入賞作品

愛する人へ……

昨日
私の想い送りました

今日
私の愛届きましたか

明日
あなたの心待っています。

文・白石博章
絵・縄田斉子

ふみ／白石　博章（福岡県 26歳）
「愛」の手紙（平成7年）入賞作品
え／縄田　斉子（岐阜県 23歳）
「present」第9回（平成15年）入賞作品

ふみ／匿　名（和歌山県67歳）
「家族」への手紙（平成6年）入賞作品
え／青江　理恵（広島県31歳）
「大きくな〜れ」第9回（平成15年）入賞作品

家族でない
心の中の家族へ……

結婚もせず貴方を愛し続けて
とうとう67になりました。
でも幸せです。

文・匿　名
絵・青江　理恵

ふみ／木下しずか（愛媛県 64歳）
「家族」への手紙（平成6年）応募作品
え／早川　勝二（京都府 61歳）
「ふくろうの苦労話」第12回（平成18年）
応募作品

似た者夫婦に
なりました。
あなたと一緒に
生きてきたこと
ほんの少し
後悔してます。

ふみ・木下しずか
え・早川勝二

日本一短い「愛」の手紙〈増補改訂版〉

本書は、平成七年度の第三回「一筆啓上賞―日本一短い『愛』の手紙」（財団法人丸岡町文化振興事業団主催、郵政省・住友グループ広報委員会後援）の入賞作品を中心にまとめたものである。同賞には、平成七年六月一日～九月十五日の期間内に六万四三八二通の応募があった。平成七年十二月七日・八日に最終選考が行われ、一筆啓上賞一〇篇、秀作一〇篇、特別賞二〇篇、佳作一六四篇が選ばれた。同賞の選考委員は、黒岩重吾（故）、俵万智、時実新子（故）、森浩一の諸氏であった。英訳のある作品に関しては、英訳を付記した。英訳はパトリシア・J・ウエッツェル教授によるものである。

本書に掲載した年齢・職業・都道府県名は応募時のものである。小活字で入れた宛先は編集上、追加・削除したものもある。なお本人の希望により、匿名にした作品がある。
※なお、この書を再版するにあたり、口絵の8作品「日本一短い手紙とかまぼこ板の絵の物語」を加えるとともに再編集し、増補改訂版とした。コラボ作品は一部テーマとは異なる作品を使用している。
※財団法人丸岡町文化振興事業団は、平成二十五年四月一日より「公益財団法人丸岡文化財団」に移行しました。

目次

入賞作品

一筆啓上賞・秀作・特別賞

「建築家《けんちくか》になる」
ぴかぴかの瞳《ひとみ》で話《はな》す貴方《あなた》の、
最高《さいこう》のパートナーになるつもり。

湖でキャンプしていた時、偶然隣にテントを張ったのが彼です。神奈川から一人で、自転車をこいで北海道を旅していたのです。不思議と一度で終らず何度も会っています。私の人生に大きな影響を与えてくれた人です。

It is my intention to be the best partner
there could be
For you, eyes twinkling, who tells me,
“I will become an architect.”

Naomi Sugahara (F.25)

一筆啓上賞
［郵政大臣賞］
菅原　尚美
北海道　25歳　会社員

お届《とど》け致《いた》しました「愛《あい》」はコワレ物《もの》です。
取《と》り扱《あつか》いには充分《じゅうぶん》お気《き》を付《つ》け下《くだ》さい。

The love I delivered to you is fragile.
Please handle it with sufficient care.
Hiroshi Ota (M.33)

一筆啓上賞
［郵政大臣賞］
太田　博
北海道　33歳　公務員

フランスが遠《とお》いのではなく、
私《わたし》の心《こころ》が届《とど》かない、
あなたの心《こころ》が遠《とお》いのです。

It isn't France
that is so far away.
It's that my heart cannot reach your heart
that is so far away.

Akiko Matsunaga (F.27)

一筆啓上賞
［郵政大臣賞］
松永　晶子
埼玉県　27歳　市役所職員

きみは、まるで迷路《めいろ》のような女《ひと》。
いいさ、徹底的《てっていてき》に迷子《まいご》になってやる。

You, such a maze.
Fine. I will be an utterly lost child.

Toshikata Tsuboi (M.49)

一筆啓上賞
［郵政大臣賞］
坪井 利剛
東京都 49歳

君《きみ》と二人《ふたり》で応援《おうえん》してた選手《せんしゅ》が引退《いんたい》したね。
こんなふうに時間《じかん》って過《す》ぎてくんだね。

The player that we two cheered together
has retired.
So this is how time passes.

Yumiko Kashiwagi (F.26)

一筆啓上賞

［郵政大臣賞］

柏木 由美子

神奈川県 26歳

息子へ

化《ば》けていけ。
割《わ》れていけ。
溶《と》けていけ。
ギリギリで生《い》きてみろ。
そして人《ひと》にホレてみろ。

For my son...
Become!
Shatter!
Dissolve!
Live life on the edge.
And, go ahead, fall in love.

Kuroemon Kumano (M.40)

一筆啓上賞
［郵政大臣賞］
熊野　九郎右ヱ門
福井県　40歳

母《かあ》ちゃん、
一緒《いっしょ》に住《す》む話《はなし》、もうチョット待《ま》って。
家《いえ》潰《つぶ》れてしもたんよ、私《わたし》頑張《がんば》るからね！

80才になる母を、やっと長崎から呼び寄せ一緒に住む矢先、地震に合い家が全壊。
何もかも失ってしまいました。0からの出発です。母が元気でいる内に、と頑張っている毎日です。

Mother,
This talk of being together again
must wait a while longer.
The house was ruined by the earthquake.
I will hold on!

Satomi Yoshida (F.50)

一筆啓上賞
［郵政大臣賞］
吉田　智美
兵庫県　50歳　主婦

息子へ

二十六《にじゅうろく》のお前《まえ》を見《み》てオレは考《かんが》える。
愛《あい》しすぎたのか、足《た》りなかったのかと。

For my son...
I think, as I look on you,
twenty-six years old.
Did I love you too much?
or too little?

Yukio Miyamoto (M.63)

一筆啓上賞

［郵政大臣賞］

宮本 之郎

兵庫県 63歳

あの日《ひ》あの時《とき》走《はし》りに走《はし》ったが
走《はし》りきれなかったよなあ。
お前《まえ》そんなに泣《な》くなよ。

That day, that time-when we ran
and ran and couldn't make it.
Don't cry so...

Tsuyoshi Yamane (M.60)

一筆啓上賞
［郵政大臣賞］
山根 毅
兵庫県 60歳 ガードマン

今夜《こんや》も電話《でんわ》を待《ま》っています。
受話器《じゅわき》に手《て》を掛《か》けて。
ただ、待《ま》っています。

Waiting again tonight for a call,
with my hand on the receiver.
Just waiting.

Miyuki Doi (F.36)

一筆啓上賞

［郵政大臣賞］

土居　深雪

岡山県　36歳　公務員

「ついて来《こ》い」って、プロポーズだったのね。
「どこ行《い》くの？」なんて大《おお》ボケでごめん…。

つき合って4年、同棲して3年の彼が今更プロポーズなんて、
期待も予想もしていなかったので本気でボケてしまいました…。
（照れかくしじゃなく…）来年入籍する事になりました。

“Come with me”
was a proposal, wasn’t it?
I’m sorry I slipped and said, ”Where to?”

Masako Yoshizumi (F.31)

秀作
［北陸郵政局長賞］
吉住 昌子
北海道 31歳 会社員

リンゴの木へ

お前《まえ》　モーツァルトは分《わ》からんだべ、
演歌《えんか》聴《き》かせてやっからな。

To the apple tree...
You-you just don't get Mozart!
Maybe I should try having you
listen to some country western.

Katsuji Hayashi (M.54)

秀作
［北陸郵政局長賞］
林 勝二
北海道 54歳

母《かあ》さん、父《とお》さんも天国《てんごく》へでかけたよ。
駅長《えきちょう》さんの帽子《ぼうし》かぶって行《い》ったからね。

Mom,
dad has set out for heaven, too.
He left wearing his stationmaster's hat.
Teiko Tomiki (F.52)

秀作
［北陸郵政局長賞］
冨木 貞子
秋田県 52歳 主婦

初恋の人へ

貴女《あなた》の娘《むすめ》に僕《ぼく》の息子《むすこ》が巡《めぐ》り合《あ》ったら……と

近頃《ちかごろ》ふと思《おも》います。

To my first love...
It sometimes occurs to me-
what if my son chanced to meet
your daughter...

Kenichiro Kusunoki (M.49)

秀作
［北陸郵政局長賞］
楠 健一郎
千葉県 49歳 電力中央研究所

洗濯物《せんたくもの》の中《なか》のまっ白《しろ》なパンツ。
私《わたし》たち、ほんとうに結婚《けっこん》したんですね。

Snow white underwear in the laundry.
Hey, we're really married, huh!

Chiiko Guenter (F.30)

秀作

［北陸郵政局長賞］

ギンター　千為子

石川県　30歳　主婦

うおー、おれは、おれは……
うおー、おれは、おれは……
愛《あい》してるんだぜー。ヤッホー。

He-ey! Over here!
Me! He-ey! Me! Me!
I love you!
Yahoo!

Yuji Koyama (M.16)

秀作
［北陸郵政局長賞］
小山 雄二
京都府 16歳 高校

「愛《あい》してる」なんて、大《おお》きな言葉《ことば》
大人《おとな》になるまで取《と》っておこう。

"I love you" is serious talk.
I think I'll put it aside till I'm older.

Takashi Ouchi (M.14)

秀作

［北陸郵政局長賞］

大内 崇

兵庫県 14歳 中学校

天ごくのパパへ

夕《ゆう》ひが目《め》だまやきだ。
パパみてるかな。
ぼくおじいちゃんといっしょだよ。

To Papa in heaven,
the setting sun is like a fried egg.
Are you watching it too?
I'm here with Grampa!

Naoki Fukudome (M.7)

秀作
［北陸郵政局長賞］
福留 尚樹
福岡県 7歳 小学校

愛する人へ

昨日《きのう》　私《わたし》の想《おも》い送《おく》りました
今日《きょう》　私《わたし》の愛届《あいとど》きましたか
明日《あした》　あなたの心《こころ》待《ま》っています。

To my love...
Yesterday I sent my thoughts.
Today, I wonder if my love arrived at
its destination.
Tomorrow, I'll be waiting for your heart.

Hiroaki Shiraishi (M.26)

秀作
［北陸郵政局長賞］

白石 博章
福岡県 26歳

ホントの私《わたし》を知《し》っているのは
他《ほか》の誰《だれ》より　何《なに》よりも
捨《す》て犬《いぬ》だった君《きみ》だと思《おも》う

Who understands me better than anyone,
better than anything
but you, my stray dog.

Manami Matsumura (F.34)

秀作

［北陸郵政局長賞］

松村　真奈美

福岡県　34歳　OL

私《わたし》は普通《ふつう》の子《こ》だという娘《むすめ》の、
障害児《しょうがいじ》という三文字《さんもじ》を
ハサミで切《き》ってしまいたい。

特別賞

田中 玲子
北海道 47歳 主婦

亡き母へ

胸《むね》をはだけて
乳《ちち》で目《め》に入《はい》ったゴミを取《と》ってくれたね
あの時《とき》は眩《まぶ》しかったよ

医療機関はもちろん医薬品も不十分だった時代、
母の知恵と愛情で腕白坊主は元気に育てられた　母よ　ありがとう！

To my now dead mother:
Uncovering your breast,
you cleaned the speck from my eye
with your milk.
For that moment, I was blind.

Kenji Ojima (M.67)

特別賞

小島 健治

北海道 67歳 病院職員

人《ひと》は田舎《いなか》とばかにするけれど、
信号《しんごう》が四《よっ》つしかないけれど、
この町《まち》が大好《だいす》きだ。

People make fun of it being “the country,”
and there are only four traffic lights,
but I still love this town.

Katsumi Konishi (M.14)

特別賞

小西 克己

北海道 14歳 中学校

あなたの目《め》が誰《だれ》を追《お》っているか　わかるくらい
私《わたし》の目《め》はあなたを追《お》っていた

My eyes pursued yours
just long enough to know
who your eyes pursued.

Yukie Kikuta (F.21)

特別賞

菊田　有希枝

埼玉県　21歳　大学

貴方《あなた》はどうして、私《わたし》の愛《あい》する人《ひと》を批判《ひはん》するの？
それが貴方《あなた》の愛《あい》ですか？

あのことがあってから、父親が色々というようになり、どういう人を好きになったら、あなたはゆるしてくれるの？　といったかんじです。早く家を出ていきたいです。

特別賞

大島 明日香

埼玉県 15歳 高校

帰宅《きたく》した娘《おまえ》から
「お父《とう》さん、話《はな》しがあるの」と聞《き》いた時《とき》、
受験発表《じゅけんはっぴょう》の時《とき》より怖《こわ》かった。

To my daughter:
More frightening than your coming to me
with the results of your entrance exam
was hearing when you came home,
"Dad, I have something to tell you."

Shigeo Shimizu (M.33)

特別賞
清水 繁夫
東京都 33歳 広告プランナー

私へ

あなたを許《ゆる》せた日《ひ》、
世界《せかい》は輝《かがや》き出《だ》しました。
待《ま》たせてごめんね。

特別賞

N・S

東京都　23歳

お父《とう》さん、毎日《まいにち》仕事《しごと》、ごくろうさま。
後《あと》、五年《ごねん》たったら、
一緒《いっしょ》に、大工《だいく》の仕事《しごと》をしようね。

ぼくは将来大工になるつもりです。

特別賞

安沢 隆一

東京都 11歳 小学校6年

夕日《ゆうひ》が君《きみ》の心《こころ》を映《うつ》し出《だ》しました。
君《きみ》は誰《だれ》かを好《す》きなんだね。

特別賞

大久保 昇

東京都 28歳 アルバイト

つらいのは、
会《あ》えないことよりも
君《きみ》の笑顔《えがお》がすぐに浮《う》かばなくなったことです。

Much harder than not being able to see you,
is that your smile
no longer comes floating to mind.

Risa Yamamoto (F.18)

特別賞

山本　理沙

神奈川県　18歳　大学

お母《かあ》さんも
こんな不安《ふあん》の中《なか》で私《わたし》を産《う》んだんだ！
分娩室《ぶんべんしつ》で涙《なみだ》がこぼれました。

Mother,
You had me in the midst of this same unease,
tears falling in the delivery room.

Takeko Amano (F.62)

特別賞

天野 武子

山梨県 62歳

しゃしんの中《なか》の木《き》べのじいちゃん。
いつも赤《あか》ちゃんのぼくをだっこしているね。

特別賞

坂谷 たくみ

福井県 8歳 小学校

宇宙《うちゅう》さん、星《ほし》の友《とも》だち何人《なんにん》だっこしてるの？
光《ひか》る友《とも》だちはみんなすき？　人間《にんげん》もすき？

特別賞

恩田　皓充

静岡県　8歳　小学校3年

かなわないと分《わ》かっている恋《こい》より、
本気《ほんき》にしてくれない恋《こい》の方《ほう》が苦《くる》しいよ、先生《せんせい》。

To my teacher:
Surely more bitter than impossible love
is love not taken seriously.

A.K (F.14)

特別賞

K・A

京都府 14歳 中学校

解体されるわが家へ

傷《きず》つきながらあの激震《げきしん》に耐《た》えた家《いえ》よ。
四人《よにん》の子《こ》が育《そだ》った家《いえ》よ。
私《わたし》は忘《わす》れません。

To our horse, about to be razed:
Damaged, but enduring
in the violent earthquake,
witness to raising four children.
I will not forget you.

Masako Miyamoto (F.60)

特別賞

宮本 允子

兵庫県 60歳

好《す》きです　登呂《とろ》より大《おお》きい無名《むめい》の大中遺跡《おおなかいせき》
愛《あい》してます　宣伝下手《せんでんべた》な播磨町《はりまちょう》

播磨町には登呂遺跡より大きい大中遺跡がある。

特別賞

水由　健介
兵庫県　15歳　高校

主人《しゅじん》から…

「病気《びょうき》ごと、僕《ぼく》が嫁《よめ》にもろたるわ。」

あなたからの最初《さいしょ》で最後《さいご》の愛《あい》の告白《こくはく》。

From my husband...
"I will take you for my wife together with your illness."
Your first and last confession of love.

Katsue Hama (F.32)

特別賞

浜 勝江

兵庫県 32歳

多《おお》くの方々《かたがた》からのお見舞《みまい》に
生《い》きながらにして、
自分《じぶん》の葬式《そうしき》を見《み》るようでした。

阪神大震災お見舞に対する返事。

特別賞

北條　美代子

兵庫県　70歳

南蛮煙管《なんばんギセル》の花《はな》のように
思《おも》い続《つづ》けているだけじゃ
何《なに》も始《はじ》まらない。

特別賞

野口 悦子
兵庫県 17歳 高校

骨髄《こつずい》を提供《ていきょう》して下《くだ》さった
名《な》も知《し》らぬ貴方《あなた》に
百万回《ひゃくまんかい》でも言《い》います。
愛《あい》をありがとう。

To you, anonymous donor,
who offered the marrow,
I say a million times over,
"Thank you for your love."

Miyoko Masuda (F.46)

特別賞

桝田 美代子

兵庫県 46歳 主婦

佳作

ふくらみかけた胸の幼き娘へ
頼《たの》むから　風呂上《ふろあが》り　パンツ一丁《いっちょう》で
パパの前《まえ》に現《あらわ》れてくれるな。
――逮捕《たいほ》するぞ！

矢野　有紀
北海道　32歳　会社員

重厚《じゅうこう》な名簿《めいぼ》で見付《みつ》けた貴方《あなた》の名前《なまえ》。
夢《ゆめ》を叶《かな》えられた事《こと》　三十年目《さんじゅうねんめ》に知《し》りました。

瀧澤　由利
北海道　52歳　アナウンサー

洗濯《せんたく》ロープに吊《つ》るした　東京絵日記《とうきょうえにっき》
お父《とう》さん気《き》に入《い》ってくれましたか。

野村　かよ
北海道　26歳　会社員

何様《なにさま》だと思《おも》っているの！　と言《い》ったら、
旦那様《だんなさま》だ!!　と答《こた》えたあなたに脱帽《だつぼう》です。

佐藤　貴志子
青森県　47歳　主婦

亡きお母さんへ
天国《てんごく》のお母《かあ》さん宛《あ》ての手紙《てがみ》を燃《も》やしましたから、
煙《けむり》が届《とど》いたら読《よ》み取《と》って下《くだ》さい。

盛合 勝
岩手県 73歳

「住民票《じゅうみんひょう》をかえないか。」
笑《わら》ってしまったプロポーズ。
本当《ほんとう》は、涙《なみだ》がでそうだったのよ。

中居 久美子
岩手県 29歳 団体職員

ポチへ

おとなりの犬《いぬ》と一緒《いっしょ》になって
騒《さわ》ぐのはおやめなさい。
あなたはインコなんだから。

浅沼　宏見
岩手県　20歳

猫《ねこ》と仲《なか》のいい弟《おとうと》よ、
お前《まえ》がどんなに好《す》きでも、
猫《ねこ》とは結婚《けっこん》できへんぞ。

小野寺　善行
宮城県　16歳　高校

君待《きみま》ちて　角《つの》は大《おお》きくなるけれど
角《つの》の裏《うら》には　愛《あい》の文字《もじ》あり

津川　初枝
宮城県　25歳　主婦

パパ　今度帰《こんどかえ》ったら　子供《こども》じゃなく
まずママを「ぎゅう」ってしてね　約束《やくそく》ね

佐藤　暁美
秋田県　33歳　一般事務

母へ

母《かあ》さんの「お前《まえ》を信《しん》じてる」は、
俺《おれ》には「どうもお前《まえ》は当《あ》てにならない」に聞《き》こえる

松本 琢
山形県 16歳 高校1年

義母さんへ

お弁当《べんとう》の色《いろ》どり　夕食《ゆうしょく》のもう一品《いっぴん》を探《さが》しに
畑《はたけ》に向《む》かう幸《しあわ》せ
ばあちゃんの愛《あい》に　感謝《かんしゃ》

佐藤 勝枝
山形県 32歳 公務員

サボテンのような　心《こころ》から　棘《とげ》を抜《ぬ》いて
花《はな》を咲《さか》せてくれたのは　あなたの　ほほえみ

高橋 昭子
福島県 18歳 高校

「おはよう」の一言《ひとこと》がうれしくて、
その日《ひ》一日《いちにち》が幸《しあわ》せで、
私《わたし》は明日《あす》も早起《はやお》きです。

三浦 聖子
福島県 18歳 高校

あなたが死《し》んでから、
あなたの事《こと》がよく分《わ》かるなんて…。
あなた、私《わたし》の中《なか》に住《す》んでるの？

八木田 美和子
福島県 27歳

塩《しお》をふったスイカのように、
夏《なつ》の日差《ひざ》しを浴《あ》びた君《きみ》は、
普段《ふだん》より甘《あま》い笑顔《えがお》を見《み》せた。

金成 英二
福島県 17歳 高校

私《わたし》の部屋《へや》のくるった時計《とけい》は、
海《うみ》の向《む》こうの　あなたの時間《じかん》を刻《きざ》んでます。

高橋　有紀
福島県　22歳　学生

天国のおばあちゃんへ
秋《あき》になると思《おも》い出《だ》す　ね、おばあちゃん
追《お》いつかなかった　焼《や》きいもや

野口　美智子
栃木県　28歳

妻へ

「お前愛《まえあい》してるよ！」なんてキザなこと言《い》えるかよ、
そのうちボケたら言《い》うかもね。

武者野　実
栃木県　68歳　専門学校講師

結婚式前日《けっこんしきぜんじつ》、
頭《あたま》を「ぽん」と叩《たた》いて二階《にかい》へ上《あ》がって行《い》った兄貴《あにき》。
困《こま》ったよ。優《やさ》しくて…。

下田　和代
群馬県　32歳　家事手伝い

天気予報《てんきよほう》、北海道《ほっかいどう》と聞《き》いてピクリとする。
晴《は》れなら　あなたは元気《げんき》、とは、私《わたし》の予報《よほう》。

松岡　利恵子
群馬県　23歳　大学生

あなたを生《う》んだ女《おんな》です。
十八歳《じゅうはっさい》になったら、逢《あ》いに来《き》てください。
待《ま》っています。

宮岡　由美子
埼玉県　39歳　自営手伝い

中学一年《ちゅうがくいちねん》から大好《だいす》きだった健《けん》ちゃん
今《いま》は好《す》きではありません　ゴメンネ。

川田　奈美
埼玉県　16歳

「かわいい奴《やつ》だ」のあなたの言葉《ことば》に、
ついついかわいい奴《やつ》になってしまう私《わたし》です。

永井　日出子
埼玉県　48歳　主婦

おかあちゃんは、一生懸命隠《いっしょうけんめいかく》してたけど、
俺《おれ》は早《はや》よから、貰《もら》い子《ご》て知《し》ってたんやで。

大倉 保
埼玉県 74歳

パパにそっくりね、と言《い》われて
泣《な》きそうな顔《かお》をするお前《まえ》がパパの宝《たから》さ。

安原 輝彦
埼玉県 38歳 地方公務員

勝手《かって》に私《わたし》の心《こころ》に入《はい》ってこないでよね
まだ片《かた》づけてないんだから

S・R
千葉県　15歳　高校1年

結婚《けっこん》して四十年余《よんじゅうねんあまり》。
やっと、お茶《ちゃ》を飲《の》みながら、
黙《だま》って話《はなし》ができるようになったねぇ。

平井　三十郎
千葉県　71歳

肩車《かたぐるま》 ママの肩《かた》でごめんね。
金魚《きんぎょ》すくいも下手《へた》だったね。
でも、お祭《まつ》り 楽《たの》しかった？

橋本 雅子
東京都 33歳

おい花《はな》があるぞ!! 行軍《こうぐん》してる時《とき》、
君《きみ》を踏《ふ》まないように後《うし》ろへ伝達《でんたつ》しました。

髙橋 保
東京都 75歳 会社社長

娘へ
由美《ゆみ》ちゃんの、成人式《せいじんしき》の振《ふ》り袖姿《そですがた》は、
とてもきれいな、我《わ》が家《や》の打《う》ち上《あ》げ花火《はなび》でした。

篠原 信子
東京都 54歳

気管支切開《きかんしせっかい》のまま逝《い》った夫《あなた》
唇《くちびる》の動《うご》きは「愛《あい》してるよ。」だったと、
今《いま》でも胸《むね》が熱《あつ》くなる。

加畑 京子
東京都 57歳 会社員

おふくろ！　死《し》んだ彼《かれ》を懐《なつ》かしむのはいいけど
俺《おれ》の親父《おやじ》をもう少《すこ》し愛《あい》してやれよ！

加畑　陽介
東京都　19歳　学生

公民館落成記念《こうみんかんらくせいきねん》の寄《よ》せ書《が》き
迷《まよ》わず「LOVE」と書《か》いたのに
なぜか叱《しか》られた13の夏《なつ》

多田　和子
東京都　35歳

もう起《お》きた？　今働《いまはた》いてる？　電車《でんしゃ》の中《なか》？
食事《しょくじ》はきちんとした？　もう寝《ね》てるかな？

石神　さつき
東京都　35歳

二度《にど》や三度《さんど》の失敗《しっぱい》が何《なん》だ、ええ!!
母《かあ》ちゃんを見《み》てみィ母《かあ》ちゃんを。

渡久地　文子
東京都　55歳　家政婦

キミたちと同《おな》じ月《つき》を見《み》て頑張《がんば》っています。
留守番《るすばん》よろしく。　ザイール・ゴマより　父《ちち》

上口　勝行
東京都　40歳　陸上自衛官

おまえだけだよ。
家《いえ》に帰《かえ》ると出迎《でむか》えて喜《よろこ》んでくれるのは。
毎日涙《まいにちなみだ》が出《で》て来《く》るよ。　ポチ。

丸山　敏明
東京都　32歳　システムエンジニア

二人《ふたり》で撮《と》った写真《しゃしん》
どれも捨《す》てられなくて困《こま》ってる
早《はや》く誰《だれ》かと結婚《けっこん》してくれ　頼《たの》む

廻谷　勉
東京都　32歳　会社員

あの日《ひ》の笑顔《えがお》忘《わす》れません。
お母《かあ》さん、
思《おも》い通《どお》りの死《し》に方《かた》ができて良《よ》かったね。

片山　陽子
東京都　44歳

「どうして髪《かみ》を切《き》ったの？」

あなたに、そう尋《たず》ねてほしかったから。

浅野　順子
神奈川県　27歳　会社員

眠《ねむ》れずに恋《こい》という字《じ》を調《しら》べたの。

「おさえ切《き》れない心《こころ》の状態《じょうたい》。」

あなたに恋《こい》しています。

横山　奈央
神奈川県　17歳　高校

冬《ふゆ》の寒《さむ》い教室掃除《きょうしつそうじ》、
そっと雑巾《ぞうきん》を絞《しぼ》ってくれた、あなた。
五十一年忘《ごじゅういちねんわす》れません。

田中　ヨネ子
神奈川県　59歳　自営業

酔《よ》っぱらっている時《とき》の言葉《ことば》や態度《たいど》を
シラフの時《とき》にも　お願《ねが》いします。

A・Y
神奈川県　30歳

「好《す》きです」だから明日《あした》も
大船駅《おおふなえき》で八時一分発《はちじいっぷんはつ》の横須賀線《よこすかせん》に乗《の》って下《くだ》さい。

土屋　敦子
神奈川県　17歳　高校生

君《きみ》の家族《かぞく》や友達《ともだち》が君《きみ》を囲《かこ》むその輪《わ》の中《なか》に
僕《ぼく》を加《くわ》えてもらえないか。

松岡　喜久治
神奈川県　25歳　会社員

ママのこと　宇宙《うちゅう》よりも好《す》き　と娘《むすめ》が言《い》った。
そのあと　宇宙《うちゅう》って何《なに》？　ってきかれた。

田内　真実子
神奈川県　28歳　主婦

転校《てんこう》する私《わたし》への寄書《よせがき》に「元気《げんき》で」
とだけ書《か》いたサッカー少年《しょうねん》。
もう結婚《けっこん》しましたか。

井口　さち子
神奈川県　30歳　公務員

たんぽぽ残《のこ》してくれた畔草刈《あぜくさか》りのおじさん、
お日《ひ》さまいっぱいありがとう。

上條 恵津子
長野県 36歳 主婦

五十歳《ごじゅっさい》で白無垢《しろむく》を着《き》た私《わたし》に、
金婚式《きんこんしき》をやろうと言《い》ったあなた、ありがとう。

樋口 治美
富山県 58歳 主婦

君《きみ》にかっこよく見《み》せようと、
お気《き》にいりのシャツを着《き》ているんだ。

杉本 崇弘
富山県 17歳 高校

チューリップの球根《きゅうこん》を送《おく》ります
神戸《こうべ》で「やさしく咲《さ》いてね」と、

柴田 照子
富山県 46歳 縫製業

一人《ひとり》の生徒《せいと》も失《うしな》いたくない。
だから君《きみ》が登校《とうこう》するまで先生《せんせい》はあきらめないぞ。

山本 俊之
富山県 26歳 教員

じいちゃん 自転車《じてんしゃ》で遠《とお》のりすんな
行方不明《ゆくえふめい》は何回目《なんかいめ》だ? 用《よう》なら、俺《おれ》が行《い》くって。

小泉 貴広
富山県 16歳 高校

僕《ぼく》の誕生日《たんじょうび》と母《かあ》さんの結婚日《けっこんび》
―計算《けいさん》が合《あ》わないんだけど―
僕《ぼく》は愛《あい》の結晶《けっしょう》ですよネ。

森 有正
富山県 32歳 会社員

朝顔《あさがお》の蔓《つる》が
太陽《たいよう》に するするっと 向《む》かって行《い》くように
私《わたし》も 貴方《あなた》の側《そば》に 行《い》きたい。

細川 順子
石川県 32歳 自営業

とびばこがとべない君《きみ》。
逆《さか》あがりができない君《きみ》。
そんな君《きみ》のことがとても好《す》きだよ。

波多野 美幸
福井県 17歳 高校

おかあさんのおなかのなかで、ぼくたちふたり。
たまごのときからなかよしだよ。

中嶋 浩貴
福井県 6歳 小学校

お母《かあ》さん、家族《かぞく》への愛《あい》と交換出来《こうかんでき》る物《もの》があったの、
愛《あい》とはそんなに軽《かる》い物《もの》ですか。

加藤　崇文
福井県　13歳　中学校

お母《かあ》さん、私《わたし》が大《おお》きくなってせわをするから、
今《こん》どの赤《あか》ちゃん、女《おんな》の子《こ》にしてね。

伊藤　はるな
福井県　9歳　小学校

おちちがキーンキーンとはってきたよ。
そろそろはるかのお腹《なか》がへってきたかな。

一瀬 育代
福井県 29歳 地方公務員

約束《やくそく》より30分遅《ぷんおく》れます。
一番《いちばん》きれいな私《わたし》が なかなか見《み》つからなくて。

矢尾 恭子
福井県 22歳 会社員

おはかのおじいちゃんへ

おじいちゃん
はかまいりにいって　よろこんでたら
ほねの　わらうこえ　きかせてや

やまうち　こうへい
福井県　5歳

一才のあいねへ

あなたの顔《かお》の治療痕《きずあと》には
皆《みな》の愛《あい》がつまっているの。
だから、心《こころ》のキズにしないでね。

山内　裕美
福井県　34歳

白内障《はくないしょう》のジュン！　出迎《でむか》えはもういいよ。
そら、躓《つまず》いたじゃない。痛《いた》い痛《いた》いの飛《と》んで行《い》け!!

杉本　栄子
福井県　52歳　会社員

ままのおっぱいだいすきだよ。
おおきくてほやほやしてるんだよ。

山崎　綾華
岐阜県　6歳　小学校1年

10年《ねん》ぶりに偶然《ぐうぜん》あなたに出会《であ》った時《とき》、
私《わたし》化粧《けしょう》をしててよかった。

新井 直美
岐阜県 34歳 主婦

あなたの回復《かいふく》を願《ねが》ってくつ下《した》を編《あ》みました、
早《はや》くやぶれますように。

S・H
岐阜県 58歳 主婦

あなた、定年過《ていねんす》ぎたら散歩《さんぽ》してくれる？
お話《はなし》も旅《たび》もしてくれる？　あと三年《さんねん》ですね

朝比奈　洋子
静岡県　52歳　主婦

お母さんへ
お母《かあ》さんといっしょに外歩《そとある》くのはずかしい
だって顔《かお》がそっくりなんだもん

江崎　瞳
愛知県　15歳　中学校3年

「あいつでいっか」から
「あいつがいいな」になって
今《いま》では「あいつじゃなきゃヤだよ」

松下 菜穂子
愛知県 22歳 OL

私《わたし》は見《み》つめ続《つづ》けて、あなたは目《め》を逸《そ》らし続《つづ》けて、
いつのまにか銀婚式《ぎんこんしき》です。

加藤 栄子
愛知県 46歳 主婦

あなたを、愛《あい》しています。
ただ、それだけです。それだけなんです。

朴　英恵
愛知県　20歳　団体職員

別《わか》れたい、なんてうそ。
あなたを試《ため》してみただけだったのに。

和田　香織
愛知県　27歳　会社員

一緒《いっしょ》に投稿《とうこう》しようというあなたの笑顔《えがお》に、
愛情《あいじょう》を感《かん》じました。ありがとう。

佐藤 美保子
三重県 27歳 会社員

婆《ばあ》よ、磯笛《いそぶえ》も出《で》ん位《くら》い無理《むり》させるのう。
潮《しお》が冷《つめ》たいやろ。
爺《じい》も命《いのち》がけで命綱《ちなひ》引くぞ。

奥村 保次
三重県 67歳

初詣《はつもう》での帰《かえ》りのプロポーズ。
神様《かみさま》はあなたに私《わたし》の願《ねが》い事《ごと》を
教《おし》えたんですね。

酒井 里絵子
三重県 28歳

秋《あき》にね キンモクセイの香《かお》りが 漂《ただよ》うと
あなたに かがせて あげたかったって 思《おも》うの

玉岡 信子
京都府 34歳 会社役員

愛《あい》なんて　わからないけど　逢《あ》いたくて
黄色《きいろ》い道《みち》で　ドキドキ　くうっ。

加納　さやか
京都府　21歳　フリーター

信号待《しんごうま》ちで　思《おも》わず　お前《まえ》の名《な》を呟《つぶや》いたら、
知《し》らぬ人《ひと》が振《ふ》り向《む》いた。　でも　正気《しょうき》だぞ。

牧　啓造
京都府　67歳

亡き夫へ

あなたが亡《な》くなってから、電動車《でんどうくるま》いすで一人《ひとり》の私《わたし》。
今《いま》も押《お》されている気《き》がしながら。

白井　淑子
京都府　71歳

私《わたし》はあんたの妻《つま》やで。
お母《かあ》ちゃんでも女中《じょちゅう》さんでもない。
もっと　まっすぐ　見《み》てや。

房本　伸子
大阪府　35歳　主婦

父《とう》さん、この前初《まえはじ》めて大《おお》ゲンカした時《とき》、
一人《ひとり》の人間《にんげん》として見《み》てくれたね。感謝《かんしゃ》。

山中　扇
大阪府　18歳

結婚《けっこん》したのは郷土愛《きょうどあい》だと
訳《わけ》のわからんことを言《い》う女《おんな》が家《いえ》に居《い》る。

谷村　佳洋
大阪府　41歳

きつい日差《ひざ》しの中《なか》
それでもギュッと手《て》をつないで
影《かげ》をさがして歩《ある》いたね

大黒　みずほ
兵庫県　15歳　高校

貴方《あなた》と出会《であ》えたこと、貴方《あなた》を失《な》くしたこと、
現在《いま》ではどちらも私《わたし》の財産《ざいさん》です。

秋本　里佳
兵庫県　27歳　会社員

大学《だいがく》行《い》っても、金《かね》ないから下宿《げしゅく》させせん言《い》うけど、
本当《ほんとう》の理由《りゆう》、なんとなくわかる。

野高 厚一
兵庫県 16歳 高校1年

お元気《げんき》ですか？ 受話器《じゅわき》を置《お》いたまま、
何度《なんど》あなたに電話《でんわ》をかけたでしょうか？

朴 由美
兵庫県 20歳 OL

大地裂《だいちさ》け、当《あた》り前《まえ》が当《あた》り前《まえ》でなくなった時《とき》、
当《あた》り前《まえ》の愛《あい》をありがとう。

前田 邦子
兵庫県 42歳 主婦

いやな顔《かお》せず、飲《の》み会《かい》の小遣《こづか》いくれたから、
タクシーやめて歩《ある》いて帰《かえ》るよ。

林 幹衛
兵庫県 36歳 教員

結婚《けっこん》しました。貴方《あなた》より素敵《すてき》な男性《ひと》と。
なのに貴方《あなた》の夢《ゆめ》を見《み》ます。お元気《げんき》ですか。

M・Y
兵庫県　29歳

冗談《じょうだん》一《ひと》つ言《い》わなかった伊藤《いとう》が泣《な》いていた。
なんだかぼくも泣《な》けてきた。

柴田　健吾
兵庫県　15歳　高校1年

男《おとこ》になりたいと思《おも》っていた私《わたし》が、
女《おんな》で良《よ》かったと感謝《かんしゃ》した、
あなたに出逢《であ》えた日《ひ》。

岩本　佐由里
兵庫県　16歳　高校

草《くさ》いきれ　むんむん
胸《むね》キューン　思《おも》わず抱《だ》いた君《きみ》の肩《かた》
疎開《そかい》の夏《なつ》を覚《おぼ》えていますか。

諫山　男二
兵庫県　65歳

たくさんの愛《あい》を風《かぜ》に託《たく》します。
一《ひと》つでいいから、誰《だれ》か受《う》け取《と》って下《くだ》さい。

鉈落　恵理佳
兵庫県　17歳　高校

あなたと話《はな》していると電話代《でんわだい》がかかります。
だから、私《わたし》、そばに置《お》いてくれる？

中井　智子
兵庫県　35歳　塾講師

「愛《あい》してる」は一番大切《いちばんたいせつ》な言葉《ことば》なのに、
ごきげん取《と》るのに気《き》やすく使《つか》わないでよね。

藤田　朋美
兵庫県　24歳　会社員

お姑《かあ》さん　あなたが　こよなく愛《あい》した　この家《いえ》
大地震《おおじしん》にも　めげず　建《た》ってます　私《わたし》　守《まも》ります

関戸　千恵子
兵庫県　60歳　主婦

少《すこ》し色《いろ》づいた苺《いちご》を、
右手《みぎて》の中《なか》でおもいきり握《にぎ》りつぶしたいほど
愛《あい》しています。

坂元　勝義
兵庫県　38歳　郵便局勤務

笑《わら》いあえる　泣《な》きあえる
思《おも》いっきりだきしめられる
生《い》きててよかった　あなたが

斉藤　公子
兵庫県　34歳　会社員

「生《い》きてますか」
あの日《ひ》、家族《かぞく》と余震《よしん》に怯《おび》えながら
あなたの安否《あんぴ》ばかりが気《き》になって…。

小林　由紀子
兵庫県　45歳　主婦

一人《ひとり》で先《さき》にテーブルの下《した》に駆《か》け込《こ》んだあなた、
この地震《じしん》と共《とも》に忘《わす》れないわよ。

小阪　栄子
兵庫県　45歳

山《やま》は緑《みどり》のまま、海《うみ》は青《あお》いままに、
七色《なないろ》の光《ひかり》をそえて、
生《う》まれたてのあなたへ、この星《ほし》を。

金子 和子
兵庫県 49歳 著述業

入《い》れ歯《ば》の笑顔《えがお》
私《わたし》にとって老《お》いていくあなたも
輝《かがや》いてみえます。

徳田 葉子
兵庫県 40歳 主婦

あなたが作《つく》ってくれた手鏡《てかがみ》は
瓦礫《がれき》に埋《うま》ったけれど
心《こころ》の中《なか》で毎朝《まいあさ》向《む》き合《あ》います

廣田 稔恵
兵庫県 62歳

こんな神戸《こうべ》だけど一緒《いっしょ》に暮《くら》してくれるね。
夫《おっと》の電話《でんわ》は二度目《にどめ》のプロポーズ。

小池 まゆ子
兵庫県 31歳 主婦

屋根《やね》がなくなって
今年《ことし》は、どこに行《い》くの？
神戸《こうべ》のつばめくん。

古屋　照美
兵庫県　33歳　主婦

地震《じしん》が来《き》た日《ひ》、明日《あした》は来《こ》ないのかと思《おも》いました。
太陽《ひかり》よ風《かぜ》よ、愛《あい》しています。

松本　珠美
兵庫県　28歳　ピアノ教師

地震以来行方不明《じしんいらいゆくえふめい》のゴンへ
餌《えさ》は鰯《いわし》だ、ミイも来《き》た、
カナブン飛《と》んだ、すぐ帰《かえ》れ！

田中　久美子
兵庫県　48歳　会社員

歴史《かこ》を想《おも》うと、日本人《にほんじん》である私《わたし》にくれる
あなたの優《やさ》しさが痛《いた》いのです。

中川　卯衣
兵庫県　17歳　高校

「愛《あい》は真昼《まひる》の星《ほし》みたいね」と言《い》った君《きみ》を
今頃《いまごろ》なつかしく想《おも》い出《だ》しています。

大西　俊和
兵庫県　51歳　医師

ずっとずっと好《す》きだったから
あなたを見《み》ると涙《なみだ》が出《で》てくる。

堀崎　優子
兵庫県　18歳

一冊《いっさつ》の本《ほん》を読《よ》み終《お》えたような雰囲気《ふんいき》の恋《こい》でした。
素敵《すてき》な思《おも》い出《で》ありがとう。

高須　美樹
兵庫県　20歳　大学生

地球《ちきゅう》さん、もうしからないで下《くだ》さい。
愛《あい》を忘《わす》れかけた　おろかな私達《わたしたち》を。

島根　ひとみ
兵庫県　36歳　主婦

太朗《たろう》は這《は》ったか、立《た》ったか、もう歩《あゆ》んだか。
暫《しばら》く会《あ》わぬとおぼろげになるあの笑顔《えがお》。

渡部　敏夫
兵庫県　37歳　団体職員

お父さんへ
たんすの下《した》で、名前《なまえ》を呼《よ》んでくれました。
私《わたし》は大《おお》きな気持《きも》ちをもらいました。

楊井　亜由美
兵庫県　17歳　高校

平成七年一月十七日《へいせいななねんいちがつじゅうしちにち》、この日《ひ》まで、都会《とかい》で、
これほど人《ひと》の愛《あい》を感《かん》じたことはなかった。

鶴田 宏
兵庫県 28歳 地方公務員

55cm、ほおずりして、だきしめて、大《おお》きくして。
153cm、そばにもよらぬ、わが息子《むすこ》。

浜下 淑子
兵庫県 39歳 主婦

強《つよ》い揺《ゆ》れの中《なか》で恐怖《きょうふ》よりも
あなたの体《からだ》の重《おも》みの方《ほう》が
心《こころ》に強《つよ》く残《のこ》っているなんて。

岩本 佳寿美
兵庫県 24歳

40を過《す》ぎて突然《とつぜん》家計《かけい》も顧《かえり》みず、
バイクを駆《か》る夫《おっと》よ。
腹《はら》が立《た》つけど輝《かがや》く瞳《ひとみ》を憎《にく》めず。

井田 エミ
兵庫県 35歳 主婦

震災《しんさい》の朝《あさ》、大《だい》の字《じ》で眠《ねむ》っていた君《きみ》。
君《きみ》に生《い》きる勇気《ゆうき》を与《あた》えられました。健《すこ》やかに育《そだ》て。

北田 由美子
兵庫県 37歳 主婦

地震《じしん》は神様《かみさま》のふるいでしょうか、
野心《やしん》も欲《よく》も整理《せいり》され、
今《いま》、あなただけがそばに居《い》る。

K・K
兵庫県 27歳

地震後《じしんご》の暗闇《くらやみ》の中《なか》で、
ただひたすらにあなたを思《おも》いました。

久保園 政子
兵庫県 21歳 大学

もう一度《いちど》会《あ》いたい 話《はなし》がしたい あやまりたい。
お父《とう》さん 夢《ゆめ》でもいいから 会《あ》いたい。

尾門 淳子
兵庫県 39歳

おばあちゃんの葬式《そうしき》やから、
茶色《ちゃいろ》の髪《かみ》真《ま》っ黒《くろ》に染《そ》めてんよ、
一番《いちばん》悲《かな》しい日《ひ》やもん。　暢《のん》

庄内　美代子
兵庫県　61歳　病院勤務

「生《い》きてろよ」
ぶっきらぼうなあなたの愛《あい》に支《ささ》えられて
私《わたし》は生《い》きています。

七条　章子
兵庫県　38歳　主婦

亡き夫へ
あなたが着《き》ていた洋服《ようふく》の数々《かずかず》。
三人《さんにん》の息子《むすこ》たちには、小《ちい》さくなりました。

西村　嘉江
奈良県　63歳　団体役員

生《う》まれ変《か》わったら、二度《にど》と逢《あ》いたくないけれど、
あの世《よ》で、も一度《いちど》ケンカしたいよ

澤田　すみよ
奈良県　32歳

娘《むすめ》よ　あなたは、母《はは》の愛《あい》が重《おも》いと言《い》う。
いつかきっと　あなたにもわかる時《とき》がきます。

西川　絹子
和歌山県　48歳

ゲートボールで知《し》りあってから、
君《きみ》の口紅《くちべに》少《すこ》し濃《こ》くなったよ。うぬぼれかもね。

谷口　修
和歌山県　67歳

逝ったお父さんへ

あんた、先《さき》に逝《い》っちまって　鎌《かま》の研《と》ぎ方教《かたおし》えてよ
だって研《と》いでも切《き》れんもん。

岩田　キヌ代
島根県　67歳　農業

死《し》ぬな！　生《い》きて、闘《たたか》え！
お前《まえ》をいじめた下《くだ》らねえ奴《やつ》らと
そして弱《よわ》い弱《よわ》い、お前《まえ》じしんと！

岩田　明
島根県　33歳　自営業

あんなに憎《にく》らしい妹《いもうと》なのに、
いじめられたと聞《き》くとこぶしをにぎった私《わたし》。

宇野　浩與
岡山県　17歳　高校2年

母《かあ》さんの笑《わら》ったお腹《なか》は　貴女達《あなたたち》を生《う》んだ勲章《くんしょう》だよ。
でも、ダイエットしなくっちゃね！

久常　安子
岡山県　42歳

あなたが出張《しゅっちょう》の夜《よる》、
生《い》き写《うつ》しのゴリラのぬいぐるみを
はべらせているの、ご存知《ぞんじ》？

小林　芳美
岡山県　45歳　事務員

「オッパイがなくなる」と泣《な》いたお前《まえ》。
最近元気《さいきんげんき》で明《あか》るくなった。手術《しゅじゅつ》してよかったね。

T・Y
広島県　62歳　医師

太陽《たいよう》のビタミンたっぷり入《はい》ったピーマン。
おいしかったよ、お父《とう》さん。

城間 直哉
広島県 21歳 学生

天国の夫へ
あなたと手《て》をつなぎ、
ラベンダー畑《ばたけ》を歩《ある》いている夢《ゆめ》を見《み》ました。
私《わたし》、可憐《かれん》な62歳《さい》。

鎌田 キクエ
徳島県 62歳 主婦

お母《かあ》さん。ストレスいっぱいたまるから、
焼肉《やきにく》、家族《かぞく》で食《た》べにいこう。

政岡　憲亮
高知県　12歳　小学校6年

自称《じしょう》38歳《さい》だという母《はは》へ
今年《ことし》で兄貴《あにき》は25歳《さい》、姉貴《あねき》は23歳《さい》なんですが…。

出来　寛之
高知県　17歳　高校

この言葉《ことば》は試験《しけん》に出《で》るくらい重要《じゅうよう》だから、
絶対覚《ぜったいおぼ》えておいて、「好《す》きです。」

山野　弘嗣
福岡県　18歳　高校

恭二《きょうじ》さん、知《し》り合《あ》って25年《ねん》　連《つ》れ添《そ》って23年《ねん》
漸《よう》やく、筒井《つつい》の墓《はか》に入《はい》る　決心《けっしん》つきました。

筒井　優美子
福岡県　48歳　主婦

夫へ

台所《だいどころ》に立《た》っている私《わたし》のお尻《しり》をさわる癖《くせ》、
一生治《いっしょうなお》さないでいてね。

森澤 靖子
福岡県 31歳 編集

鼓動《こどう》が聞《き》きたい、ひとつになりたい、
縄文杉《じょうもんすぎ》に全身《ぜんしん》を押《お》し付《つ》け、目《め》を閉《と》じる。

奥村 良和
福岡県 46歳 僧侶

「線香花火《せんこうはなび》より打上《うちあ》げ花火《はなび》のような恋《こい》をしたい。」
と話《はな》した頃《ころ》の　自分《じぶん》がなつかしい。

森本　弘行
福岡県　36歳

名前《なまえ》も声《こえ》も知《し》らないけれど
いつか挨拶《あいさつ》から始《はじ》めてみよう。
さぁ　朝《あさ》がやってきた。

大石　恵子
福岡県　27歳　会社員

「つまむのが、むずかしいほど　低《ひく》い鼻《はな》だ。」
と笑《わら》った貴方《あなた》に「愛《あい》」です。

小西　智子
福岡県　46歳　会社員

先生《せんせい》が転勤《てんきん》すると言《い》った時《とき》、「私《わたし》も一緒《いっしょ》ですか。」と
聞《き》いてくれた妙《たえ》ちゃん。忘《わす》れません。

権藤　康子
福岡県　38歳

「お帰《かえ》り」「ただいま」
家族《かぞく》になった喜《よろこ》びで一杯《いっぱい》です。
善仁《よしひと》さん、ありがとう。

奥野 恵美
長崎県 28歳 主婦

お父さん、お母さんへ
娘《むすめ》の体育祭《たいいくさい》見《み》に来《き》て、
夫婦《ふうふ》で記念写真《きねんしゃしん》とるのやめてよ。
はずかしいやんか。

松永 佳子
長崎県 17歳 高校3年

卒業《そつぎょう》　おめでとう　就職《しゅうしょく》　おめでとう
嫁《よめ》さん、もらって　おめでとう
アー　いそがしい　母《はは》

大木　桃代
長崎県　57歳　パート

枇杷《びわ》の季節《きせつ》です。老眼鏡《ろうがんきょう》をずり下《さ》げ、
一心《いっしん》に箱《はこ》に詰《つ》めてるあなたを思《おも》い出《だ》します。

岩永　隆
長崎県　45歳　公務員

そぎゃん歯《は》の浮《う》くごたるこつば言《い》わすっな。
変《か》わりゃせん。好《す》き。心配《しんぱい》すんな。

黒川　聖
熊本県　69歳

一人《ひとり》のお前《まえ》さえ幸《しあわ》せにできず、
天下国家《てんかこっか》を論《ろん》じてすごした愚《おろ》かな一生《いっしょう》。許《ゆる》せよ。

川並　俊一
宮崎県　70歳　大学

僕《ぼく》は見《み》た。父母《ちちはは》ががんばっている姿《すがた》。
その後《あと》をつぐ僕《ぼく》。
まるでリレーのようだな。

墓本　武志
鹿児島県　13歳　中学校

宮沢賢治様へ

あなたが一人《ひとり》で苦《くる》しんでいる時《とき》、
私《わたし》、小《ちい》さな花《はな》でいいからそばにいたかった。

脇　郁代
鹿児島県　17歳　高校

昨日《きのう》、二人《ふたり》で播《ま》いたアサガオが蕾《つぼみ》をつけていました。
ただそれだけお伝《つた》えしたくて。

奥田　与利子
鹿児島県　16歳　高校

「愛情《あいじょう》も薄味《うすあじ》の方《ほう》が体《からだ》にいいよ。お母《かあ》さん。」
これは　十七歳《じゅうななさい》の独立宣言《どくりつせんげん》ですか？

花田　明美
鹿児島県　42歳

ふるさとの皆さんへ
新聞《しんぶん》に出《で》た郷里《きょうり》の写真《しゃしん》、懐《なつか》しくて、
虫眼鏡《むしめがね》で、山襞《やまひだ》の木々《きぎ》、
谷《たに》、岩《いわ》の窪《くぼ》みまで見《み》ましたよ。

上坪　操
鹿児島県　69歳　司法書士

おばあちゃん。声《こえ》が大《おお》きくて恥《は》ずかしいな。
だけどその声《こえ》聞《き》くと元気《げんき》がわくよ。

安富祖　真澄
沖縄県　18歳　高校3年

今日《きょう》は、とてもいい日《ひ》でした。
あなたの目《め》が私《わたし》のところで止《と》まったから。

米須 瑠衣子
沖縄県 17歳 高校2年

あんたに出会《であ》って、私弱《わたしよわ》くなっちゃったよ。
もう一人《ひとり》で生《い》きていけなくなったもの。

仲村 美奈子
沖縄県 25歳 郵便局

私《わたし》が教《おし》えた肉《にく》ジャガを作《つく》ってみた？
疲《つか》れてるなら砂糖《さとう》を半《はん》サジ多《おお》くするのよ。

山田　茂樹
沖縄県　22歳　大学

愛《あい》していると言《い》われず言《い》ひもせずに
疑《うたが》ふ事《こと》なく過《すご》せし四十年《よんじゅうねん》を感謝致《かんしゃいた》します。

成田　キミ子
ブラジル　60歳

英語版「愛」の手紙　一筆啓上賞

A Brief Message from the Heart LETTER CONTEST

"*Love*"

Children, as we begin our field trip,
pair up with a buddy.
Hold hands, watch and help
each other. Art, you go with Susan.

Art Demuro (Portland, Oregon / M.39)

さあ皆、これから森を探検しよう！
友達二人で手を繋いで、
お互いに気をつけ、助けあってね。
アート、君はスーザンと一緒に。

アート・デミュロ（オレゴン州ポートランド 39歳）

Love : My enduring Father,
whose visits to what is left of Her,
cost him life.
Yet, he sits and holds
her frail hand, for hours.

Julie Benton Siegel (Portland, Oregon / F.64)

愛：お父さんも老齢なのに、
余生をかけて、老いて逝くお母さんを
看守っている。まだ、座って、
ずっと手を握っている。

ジュリー・ベントン・シーゲル（オレゴン州ポートランド 64歳）

Just wanted you to know, Dad,
how special it was to grow up
hearing you tell Mom daily
how much you loved her.
Love
Claudia

Claudia Hughes (Heppner, Oregon / F.51)

お父さん、知ってほしいこと一つ。
毎日母さんに「愛しているよ」と
言っているのを聞きながら育てられたこと。
何てすばらしいんだろう。
愛を込めて、クローディア

クローディア・ヒューズ（オレゴン州ヘプナー 51歳）

あとがき——愛三部作

日本一短い手紙「一筆啓上賞」の募集を始めて三年。これまでに十六万通もの手紙が丸岡に寄せられました。〝母への手紙〟は、届くことのない切なさ、心の叫びに満ちていました。〝家族への手紙〟は、家族のあり方など、今、問われている問題が届けられました。そして、〝愛の手紙〟からは、広い視点からの愛の姿が見えてきました。

短い手紙だからこそ本音で語られた作品が、ここに結実しました。たとえ短くとも十分に〝心〟を伝達できることが実感されたような気がします。面と向っては言えないような言葉を手紙に託し、期待を胸に秘めながら待つ。情報化時代のなかで、速さだけでは伝えることのできない熟成されたものが手紙のように思えてきます。

今回の〝愛の手紙〟には、阪神大震災で被災された多くの方々からも手紙をいただきました。いずれも語りつくせぬ、忘れることのできない記念碑的なものばかりでした。ここに、亡くなられた方々、被災された多くの方々に心よりお見舞い申し上げます。

アメリカでも「一筆啓上賞」が始まりました。オレゴン州ポートランド市の州立ポートランド大学のパトリシア・J・ウエッツェル教授の提唱でした。ポートランド市及び大学の協力を得て、ポートランド大学のジュディス・ヴァン・ダイクさん、作家のブルース・テイラー・ハミルトンさんを選考委員に加え、英語での募集が始まったのです。ポートランド市を中心に三九一〇通もの作品が寄せられました。新たな〝心〟の交流が海を越えたのです。ベスト3は本書にも掲載しました。アメリカでの事務を担当いただいたCNLアメリカの皆様、ありがとうございました。

郵政省（現　郵便事業株式会社）並びに、住友グループの皆様には心のこもった力添えをいただき、ありがとうございました。

この増補改訂版発刊にあたり、丸岡町出身の山本時男さんがオーナーである株式会社中央経済社の皆様には、大きなご支援をいただきました。ありがとうございました。

最後になりましたが、西予市とのコラボが成功し、今回もその一部について関係者の方にご協力いただいたことに感謝します。

二〇一〇年四月吉日

編集局長　大廻　政成

日本一短い「愛」の手紙　一筆啓上賞〈増補改訂版〉

二〇一〇年五月二〇日　初版第一刷発行
二〇二二年四月三〇日　初版第二刷発行

編集者――公益財団法人丸岡文化財団
発行者――山本時男
発行所――株式会社中央経済社
発売元――株式会社中央経済グループパブリッシング
〒一〇一－〇〇五一
東京都千代田区神田神保町一－三一－二
電話〇三－三二九三－三三七一（編集代表）
〇三－三二九三－三三八一（営業代表）
https://www.chuokeizai.co.jp
印刷・製本――株式会社　大藤社
編集協力――辻新明美

＊頁の「欠落」や「順序違い」などがありましたらお取り替えいたしますので発売元までご送付ください。（送料小社負担）

ISBN978-4-502-42950-7　C0095